Gallimard Jeunesse / Giboulées sous la direction de Colline Faure-Poirée

FSC

© Gallimard Jeunesse, 1996
ISBN : 978-2-07-058779-7
Premier dépôt légal : avril 1996
Dépôt légal : juillet 2011
Numéro d'édition : 233892
Loi n° 49956 du 16 juillet 1949
sur les publications destinées à la jeunesse
Imprimé en France par Jean-Lamour

Frédéric le Moustique

Antoon Krings

GALLIMARD JEUNESSE / GiBOULÉES

Dans le jardin des drôles de petites bêtes vivait un bien étrange docteur. Les piqûres étaient le seul remède qu'il connaissait pour soigner ses patients. Entre nous, je ne pense pas que vous aimeriez être soigné de cette façon, mais rassurez-vous, le docteur Moustique était toujours très occupé et il n'avait vraiment pas le temps de vous rendre visite.

Le fils du docteur Moustique s'appelait Frédéric. Bien qu'il n'en éprouve pas le désir, son père voulait qu'il soit docteur. Pour cela, il devait étudier des livres où l'on apprenait sans doute l'art de faire les piqûres. Ces livres étaient tellement épais, avaient si peu d'images qu'il lui fallait beaucoup de courage pour les ouvrir.

Et chaque fois que Frédéric pleurait ou protestait, son père piquait une colère qui se terminait en général par : « Va dans ta chambre, et n'en sors que lorsque tu auras changé d'avis. » Alors Frédéric s'enfermait dans sa chambre en se promettant que jamais il ne serait docteur.

Jusqu'au soir où quelqu'un frappa à
la porte du docteur Moustique.
C'était Carole la Luciole. La pauvre
n'avait pas l'air très brillante.
D'ailleurs, elle ne brillait pas du tout.

Frédéric la fit entrer et lui demanda d'attendre le retour de son père, mais la luciole ne l'écoutait pas et répétait sans cesse :

– Au secours ! Au secours ! Ma lumière s'est éteinte !

– Il suffit peut-être de changer une ampoule, dit-il pour la rassurer.

Comme la luciole sanglotait, il tenta
de la consoler en lui disant que son
père savait très bien faire les piqûres.
Seulement, au lieu d'être rassurée,
la luciole sauta au plafond en criant :
– J'ai horreur des piqûres !

Elle en avait tellement horreur
qu'elle menaça même Frédéric de
le transformer en limace s'il essayait
de lui en faire une.
À cet instant, le docteur Moustique
rentra et dit en voyant Carole :
– Allons, qu'est-ce que j'entends ? On
a peur d'une petite piqûre de rien
du tout ?
Et sans que Frédéric puisse le retenir
il se mit en position de piquer.

Soudain, il n'y eut plus de docteur
Moustique mais un limaçon qui
se tortillait en criant :
– À moi ! À moi !
– Ce n'est pas ma faute, j'ai
horreur des piqûres, dit la luciole en
sanglotant toujours dans son coin.

Frédéric devait absolument faire quelque chose s'il ne voulait pas ressembler à un vermisseau. C'est pourquoi il s'enferma dans la cuisine. Ce qu'il y fabriqua est un secret. Pour répondre un peu à votre curiosité, je peux quand même vous dire qu'il s'agissait d'un sirop. J'ajouterai aussi que ça sentait très bon le chewing-gum à la menthe, le chocolat-noisette et la sucette à la fraise.

Frédéric s'empressa de donner une cuillerée de son sirop à la luciole et comme par enchantement, elle se mit à briller aussi fort qu'une étoile.

– Guérie, je suis guérie ! s'écriait-elle en sautant de joie.

Puis Frédéric donna une autre cuillerée à la limace. En un clin d'œil, son père réapparut et à son tour il sauta de joie.

Voilà comment Frédéric le Moustique, un peu malgré lui, fit le bonheur de son père et des habitants du jardin en devenant docteur. Vous imaginez un docteur qui ne faisait pas de piqûres et qui soignait ses patients en leur donnant du sirop!

Il ne refusait d'ailleurs jamais
d'en donner, même aux gourmands
en bonne santé. Car son sirop avait
aussi la merveilleuse vertu de
rendre les gens joyeux et Frédéric
voulait que tout le monde le soit.